Edward Packard

Die Nacht der Werwölfe

RTB 52016
R. A. Montgomery
Die Spur des Bären

RTB 52022
Edward Packard
Die Insel der 1000 Gefahren

RTB 52040
Edward Packard
Gefahr im Strafraum

RTB 52055
R. A. Montgomery
Die Juwelen von Nabooti

RTB 52078
R. A. Montgomery
Dem Yeti auf der Spur

RTB 52109
Edward Packard
Katastrophentag

RTB 52128
Edward Packard
Sugarcane Island
(engl. Ausgabe von
„Die Insel der 1000 Gefahren")

RTB 52145
Edward Packard
Die spektakuläre Reise
ins Schwarze Loch

RTB 52226
R. A. Montgomery
Auf der Suche nach Atlantis

RTB 52234
R. A. Montgomery
Verschollen im Urwald

RTB 52249
Fabian Lenk
Der Tempel der 1000 Gefahren

RTB 52260
Fabian Lenk
Der Berg der 1000 Gefahren

Edward Packard

Die Nacht der Werwölfe

Aus dem Amerikanischen von Ellen Würtenberger

Mit Bildern von Bill Schmidt

Ravensburger Buchverlag

Lizenzausgabe
als Ravensburger Taschenbuch
Band 52177
erschienen 2001

Erstmals in den Ravensburger Taschenbüchern
im Sammelband „1000 unheimliche Gefahren"
(RTB 4160)
erschienen 1999

Die Originalausgabe erschien 1995
bei Bantam Books, a division of Bantam
Doubleday Dell Publishing Group Inc., New York
Unter dem Titel „NIGHT OF THE WEREWOLF!"
CHOOSE YOUR OWN NIGHTMARE®, # 1:
NIGHT OF THE WEREWOLF!
Von Edward Packard
© 1995 Edward Packard.
All rights reserved.
Published by arrangement
with Bantam Doubleday Dell Publishing Group Inc.,
New York, New York, U.S.A.

© 2001 Ravensburger Buchverlag
Otto Maier GmbH
für die deutschsprachige Fassung
© Innenillustrationen: Bill Schmidt
Umschlagillustration: Colin Sullivan

Alle Rechte dieser Ausgabe
vorbehalten durch
Ravensburger Buchverlag

Printed in Germany

Die Schreibweise entspricht den Regeln
der neuen Rechtschreibung.

5 4 3   05 04

ISBN 3-473-52177-9

www.ravensburger.de

Du entscheidest selbst!

1000 Gefahren

Warnung!

Du hast bestimmt schon viele Bücher gelesen, in denen unheimliche Dinge passieren. Aber hier, bei den 1000 Gefahren, befindest du dich selbst mitten in der Handlung. Du bist derjenige, dem die unheimlichen Dinge passieren!

Du erlebst Ferien, die du nie mehr vergessen wirst: Ein Werwolf treibt an deinem Urlaubsort sein Unwesen.

Zum Glück kannst du im Verlauf der Geschichte entscheiden, was du tun willst. Wenn du eine Entscheidung getroffen hast, lies auf der angegebenen Seite weiter. Es hängt ganz von deinen Entscheidungen ab, in welche spannenden und gefährlichen Situationen du als Nächstes gerätst.

Also sei vorsichtig! Und pass auf, dass der Werwolf dich nicht erwischt ...

Sommerferien! Du bist unterwegs, um deine Cousine Karin und deinen Cousin Tom in ihrem neuen Haus zu besuchen. Deine Tante Charlotte wartet am Busbahnhof auf dich. Sie lächelt und umarmt dich fest. Aber ansonsten sieht sie nicht gerade glücklich aus. Du fragst dich, was los ist.

Später, auf der Heimfahrt, schaut sie zu dir herüber. „Ich muss dir noch etwas erzählen", sagt sie. „Die Polizei hat gestern eine Leiche gefunden – in einem Weiher, nur ein paar hundert Meter von unserem Haus entfernt."

„Oh, das ist ja schrecklich! War es Mord?", fragst du.

„Das weiß man noch nicht. Das Opfer hatte lauter tiefe Bisse, so als sei es von einem Hund mit riesigen Zähnen angegriffen worden. Aber hier in der Gegend gibt es keine so großen Hunde."

„Das *ist* merkwürdig", meinst du und schüttelst den Kopf.

Tante Charlotte bremst ein wenig ab und biegt dann in eine schmale, gewundene Straße ein. „Ja, es ist merkwürdig", sagt sie. „Ich habe Karin und Tom gebeten – und ich bitte auch dich – sehr vorsichtig zu sein. Bleibt zusammen und passt gut auf."

Lies weiter auf Seite

8

„Das brauchst du mir nicht zu sagen", sagst du, obwohl dich das Ganze eher neugierig als ängstlich gemacht hat.

Wenig später biegt deine Tante in eine Auffahrt und hält vor einem weißen Holzhaus, das halb versteckt hinter einigen Kiefern steht. Tante Charlotte sieht dich an. „Das ist unser Zuhause. Wie gefällt es dir?"

„Schön", sagst du. Das Haus könnte einen neuen Anstrich vertragen, aber es gibt eine verglaste Veranda mit Schaukelstühlen und einer Hängematte. Der erste Stock hat zudem einen kleinen Balkon. Eine Krähe sitzt auf dem Geländer. Sie krächzt lautstark, so als ob sie auf sich aufmerksam machen wollte.

Deine Tante geht zum Haus. Du schnappst dir deine Reisetasche und folgst ihr. Karin kommt die Treppe herunter, Tom direkt hinter ihr.

„Hi!", sagt Karin und umarmt dich.

Das Telefon klingelt und Tante Charlotte geht ran. Karin und Tom zeigen dir das Gästezimmer. Du wirfst deine Tasche aufs Bett und machst dich frisch. Dann gehst du zu den beiden ins Wohnzimmer.

Lies auf der nächsten Seite weiter.

„Hat Mutter es dir erzählt?", fragt Tom, als du das Zimmer betrittst.

„Von dem Mord?"

„Ja, aber auch von dem Verdächtigen?", fügt Karin hinzu.

„Nein. Weiß man, wer's war?"

Tom und Karin sehen sich an. „Nicht so richtig", meint Karin. „Sie glauben, dass es so ein komischer Typ war, der hier mal in der Nähe gewohnt hat."

„Aber eure Mutter hat gesagt, dass die Leiche tiefe Bisswunden hatte."

„Das ist ja das Merkwürdige", ruft Karin. „Scheint, als ob der Mörder ein Werwolf oder so was gewesen ist."

Lies weiter auf Seite 10

„Wir sollten versuchen, mehr über den Fall herauszufinden", meint Tom. Währenddessen ist dir auf dem Bücherregal ein dickes Buch ins Auge gefallen. Es hat den Titel **Enzyklopädie des Übernatürlichen**. Das Buch ist sehr alt – du befürchtest fast, dass es dir in den Händen zerfallen könnte. Vorsichtig nimmst du es heraus.

Du blätterst durch das Buch, bis du bei dem Buchstaben W angekommen bist. „Hier – ‚Werwolf'", verkündest du.

Tom und Karin schauen dir über die Schulter. „Was steht denn da?", fragt Tom.

Du liest laut vor:

WERWOLF: Eine Person, die in einen Wolf verwandelt wird. Sie beginnt, wie ein Wolf auszusehen und sich wie einer zu verhalten. Niemand weiß, warum dies so ist. Aber wir wissen, dass Werwölfe sehr stark und sehr gefährlich sind, vor allem, wenn sie Hunger haben. Einige Experten meinen, dass eine Hexe Werwölfe vernichten kann. Selbst ein ganz normaler Mensch kann sie überwältigen, aber es ist nicht ratsam, es zu versuchen. Die sicherste Art und Weise, mit Werwölfen umzugehen, ist, ihnen gar nicht erst zu begegnen.

„Da kriegt man ja eine Gänsehaut", sagt Karin.

Lies auf der nächsten Seite weiter.

„Umso wichtiger ist es, sich darum zu kümmern", meint Tom. „Ich werde mal zu Paulding's Pond rübergehen – dem Weiher, an dem sie die Leiche gefunden haben."

„Die Polizei war doch schon dort", wendet Karin ein.

„Es kann nicht schaden, noch mal hinzugehen", erwidert ihr Bruder. „Vielleicht finden wir etwas, das sie übersehen haben."

„Nee, ich gehe auf keinen Fall dorthin", erklärt Karin. „Ich habe eine bessere Idee. Ich werde mit Mrs Hadley aus unserer Straße reden. Vielleicht hat sie so was schon mal erlebt."

„Die alte Irre!", blafft Tom los.

„Die alte Irre ist genau die Person, die etwas über Werwölfe wissen könnte", meint Karin gelassen.

Tom blickt dich an. „Na ja, ich werd mir jedenfalls den Weiher ansehen. Kommst du mit?"

„Du kannst auch mit mir kommen und mit Mrs Hadley reden", bietet Karin an.

Wenn du mit Karin Mrs Hadley besuchst, lies weiter auf Seite 26

Wenn du beschließt, dir zusammen mit Tom den Weiher anzusehen, lies weiter auf Seite 40

12

„Er war im Haus!", ruft Karin entsetzt. „Er hat versucht in mein Zimmer zu kommen! Wir mussten aus dem Fenster springen!" Tante Charlotte dreht sich nach hinten und umarmt sie kurz. „Jetzt ist ja alles vorbei, mein Schatz." Sie haut den Rückwärtsgang rein und gibt Vollgas.

„Wohin fahren wir?", fragt Tom.

„Zur Polizei – wohin sonst!", sagt Tante Charlotte und biegt so schnell um eine Ecke, dass nur noch dein Gurt verhindert, dass du gegen die Tür geschleudert wirst.

Eine Stunde später seid ihr wieder in Tante Charlottes Haus, dieses Mal mit einem Polizisten. Der Sturm ist vorüber. Die Bundespolizei ist benachrichtigt worden und Soldaten durchkämmen die Gegend, suchen den merkwürdigen Eindringling.

Ihr führt den Polizisten nach oben und zeigt ihm Karins Zimmer. Die Tür, die der Werwolf eingedrückt hat, ist zerschrammt und zerbeult. Karins Bett ist der Länge nach gespalten.

Der Polizist schüttelt den Kopf. „Wir werden ihn erwischen, gnädige Frau. Da können Sie sicher sein."

Lies weiter auf Seite   **27**

Ganz an den Boden gedrückt kriechst du ins Wasser. Als es tief genug ist, tauchst du unter und schwimmst auf das andere Ufer zu. Es ist Sommer und du hast nur Shorts, ein T-Shirt und Turnschuhe an. Trotzdem werden die Sachen ganz schön schwer, sowie sie sich mit Wasser voll gesogen haben. Etwa auf halber Strecke musst du langsamer werden, um wieder zu Atem zu kommen.

In diesem Moment fühlst du einen durchdringenden Schmerz an deinem Bein. Eine Schildkröte versucht ein Stück Fleisch von dir zu ergattern! Du wehrst sie mit der Hand ab und schwimmst, so schnell du kannst, ans nächstgelegene Ufer. Selbst die Schmerzen im Bein und deine nasse Kleidung verhindern nicht, dass du rekordverdächtig schnell bist.

Als du das Ufer des Weihers erreichst, stellst du fest, dass du genau am Tatort gelandet bist. Und ein Polizist erwartet dich! Ein Schäferhund sitzt wohlerzogen neben ihm.

Du kletterst das grasbewachsene Ufer hoch. Der Polizist will dir eigentlich eine Predigt halten, dass du hier nichts zu suchen hättest, aber als er sieht, dass du blutest, hält er inne. „Wir müssen erst mal dein Bein verarzten", sagt er. „Komm mit."

Lies weiter auf Seite 57

„*Wer ist da?*", kreischt eine Stimme. Sie kommt aus einem der Fenster.

„Hier ist Charlotte von nebenan", ruft deine Tante. „Wir wollten nur mal nach Ihnen sehen."

„Ich hab's nicht gern, wenn jemand rumschnüffelt", erwidert Mrs Hadley.

„Tut mir Leid", sagt Tante Charlotte leicht verärgert. „Ich wollte nicht –"

Mrs Hadley schneidet ihr das Wort ab. „Worüber habt ihr euch denn Sorgen gemacht? Kommt zur Hintertür, wenn ihr so neugierig seid." Ein paar Sekunden später lässt sie euch hinein.

„Also, was heißt das, ihr wolltet nach mir sehen?", möchte sie wissen. Sie hält eine Teetasse in der Hand, die sie beim Reden ärgerlich durch die Gegend schwenkt.

Keiner von euch ist fähig zu antworten. Ihr starrt gebannt auf ein Wesen, das ausgestreckt auf dem Boden liegt. Es hat struppiges Fell. Seine Hände und Füße sehen eher wie Pfoten aus. Sein Gesicht ist lang und spitz, die Nase rund, schwarz und feucht. Der Mund steht halb offen und man kann lange, spitze Zähne erkennen. *Das ist der Werwolf!*

Lies weiter auf Seite   **25**

Beim Abendessen erzählt Karin von dem merkwürdigen Gespräch, das sie mit Mrs Hadley geführt hat. Und auch ihr, Tom und du, erzählt von euren Abenteuern bei Paulding's Pond. Dann erfindet ihr noch eine Menge lustiger Werwolfgeschichten, aber in Wirklichkeit seid ihr alle ein bisschen nervös – selbst Tante Charlotte. Schließlich ist der Mörder, ob Werwolf oder nicht, noch nicht gefasst.

„Ich denke, wir sollten uns ein wenig Ablenkung verschaffen", meint Tante Charlotte.

„Wir können uns ja ein Video ausleihen", schlägt Karin vor.

Ihr findet alle, dass das eine gute Idee sei. Ihr lasst sogar den Abwasch stehen und fahrt sofort in die Videothek. Dort angekommen seht ihr die Titel durch.

Tom nimmt einen Film heraus und wedelt damit triumphierend durch die Luft. Er heißt **Nacht der Werwölfe**.

Tante Charlotte beäugt ihn misstrauisch und meint: „Ich dachte, wir wollten uns ablenken."

Aber ihr drei wollt unbedingt diesen Film anschauen, also leiht ihn Tante Charlotte aus. Zu Hause macht ihr es euch dann gemütlich. Tom knipst das Licht aus und Karin legt den Film ein.

Lies weiter auf Seite 28

Du machst dich mit Karin auf den Heimweg. Blitze zucken über den Himmel. Einen Augenblick später grollt Donner. Es wird bald regnen, aber daran denkt ihr überhaupt nicht. Ihr denkt über Mrs Hadley nach. Etwas an ihr ist euch nicht geheuer.

Bei dem Gedanken an sie und an den Werwolf möchtest du am liebsten so schnell wie möglich nach Hause rennen. Aber du willst deine Angst nicht so deutlich zeigen, also beschränkst du dich darauf sehr schnell zu gehen. Karin scheint es ähnlich zu gehen, denn sie hält mit.

Ihr kommt an dem Feldweg vorbei, der durch den Wald zu Paulding's Pond führt. Es ist schon beinahe dunkel und du kannst nur ein kurzes Stück des Weges ausmachen, bevor er in der Dunkelheit verschwindet. Auf einmal werden zwei Personen vom Blitz beleuchtet. Eine ist groß, gekrümmt und sieht ziemlich verwahrlost aus. Die andere ist ein Junge.

Lies weiter auf Seite   **47**

Er blickt dich finster an und fährt sich mit seiner Zunge über die riesigen Zähne. „Wenn du je wieder von hier wegkommen möchtest, wirst du meine Suppe probieren müssen!"

Am liebsten würdest du ihm seine Suppe ins Gesicht schütten!

„SOFORT!", brüllt er.

Du zuckst zurück, weil du glaubst, dass er dir die Suppe einflößen will, aber er greift stattdessen nach den Überresten des Hasen und reißt einen Lauf ab. Er nagt daran herum und sieht dich dabei unentwegt an. Dann wirft er das, was von dem Hasen übrig geblieben ist, in den Topf und starrt dich an. Dabei gibt er wieder diese leisen, knurrenden Laute von sich. Er schiebt dir den Topf praktisch unter die Nase. „Du musst sie probieren!", sagt er. „Du hast keine *Wahl*!"

Schon bei der Vorstellung, davon zu kosten, wird dir übel. Aber wenn du nicht bald von hier wegkommst, landen als Nächstes wohl deine Knochen in diesem Topf.

Vielleicht nimmst du nur ein kleines bisschen. Vielleicht solltest du ihm aber wirklich die Suppe ins Gesicht schütten und dann wegrennen.

Wenn du die Suppe probierst, lies weiter auf Seite 45

Wenn du die Suppe über dem Werwolf ausschüttest und wegrennst, lies weiter auf Seite 60

„Nein, wir müssen fliehen!", erwiderst du. Du öffnest das Fenster und kletterst auf die Fensterbank. Du winkst Karin herbei. „Komm, der Baum ist genau hier vor dem Fenster!"
AWAAAAREEEEEEeeeee!
Der Werwolf ist im Zimmer. Er bewegt sich so schnell, dass du ihn kaum richtig wahrnehmen kannst. Aber sein Knurren und Heulen bekommst du dafür umso besser mit.
„Karin!", brüllst du und greifst nach deiner vor Schreck erstarrten Cousine. „Komm!" Du springst, aber du hast den Sprung nicht gut genug vorbereitet. Du erwischst den Baum nicht. Du fällst!

Lies weiter auf Seite 91

„Nichts", erklärt Karin. „Aber die Polizei hat bei Paulding's Pond eine Leiche gefunden. Sie hatte schreckliche Bisswunden – wie von einem Wolf – und tiefe Kratzspuren."

Mrs Hadley steht der Mund offen, ihre Augen weiten sich und sie weicht einen Schritt zurück. „Mord? *Wirklich!*" Ihr Blick wandert suchend hinter euch. „Ich glaube, ihr kommt besser herein, Kinder. Da gibt es etwas, das ihr wissen solltet."

Ihr folgt Mrs Hadley durch ihr merkwürdiges Wohnzimmer. Holztruhen stehen an den Wänden. Außerdem gibt es noch eine alte Standuhr ohne Zeiger und einen winzigen Kamin, der zugemauert ist. Eine Tür an der Rückseite des Raumes führt direkt in die Küche. Die beiden Räume scheinen das gesamte Haus auszufüllen. Du fragst dich, wo Mrs Hadley schläft.

Die alte Frau bittet euch, am Tisch Platz zu nehmen und bringt eine Kanne Tee von der Anrichte herüber. Nachdem sie den Tee eingegossen hat, setzt sie sich euch gegenüber und betrachtet euch, während sie trinkt, über den Rand ihrer Teetasse hinweg. Der Tee riecht irgendwie komisch, ungefähr so wie das Wasser in einer Vase mit verwelkten Blumen.

Lies weiter auf Seite

Genau in dem Moment, als sie das sagt, hörst du ein Tappen auf der Treppe. Nicht das Geräusch von Füßen, sondern das Geräusch von Pfoten.

„Wir müssen die Tür verbarrikadieren", sagt Karin. „Hilf mir, mein Bett davor zu schieben!"

AWAAARRREEEEEEEEeeeeee! Jetzt kommt das Geräusch vom oberen Treppenabsatz!

„Das Bett wird nicht viel helfen!", schreist du. „Wir könnten an dem Baum vor dem Fenster hinunterklettern."

„Zu weit weg um rüberzuspringen. Hilf mir!" Karin zieht an dem Bettgestell, aber sie ist nicht stark genug, um es allein zu verschieben.

**Wenn du Karin hilfst,
die Tür zu verbarrikadieren,
lies weiter auf Seite**   38

**Wenn du auf den Baum springen willst,
lies weiter auf Seite**   19

Gemeinsam tretet ihr ein. Im Raum befinden sich ein Spülbecken, ein Herd, ein Bett, ein Tisch und ein paar Stühle, die dich an die in Tante Charlottes Haus erinnern. Der Boden unter der Spüle ist mit Knochen übersät, kleine, die wie Hühner- oder Kaninchenknochen aussehen, und auch einige größere. Du starrst sie gebannt an.

Tom schnappt nach Luft. „Sind die von Rehen oder …?"

„Oder von Menschen." Du bückst dich, um sie näher zu untersuchen.

Tom wirft einen Blick aus dem Fenster. *„Er kommt!"*

Lies weiter auf Seite

„Oh doch, er hatte schon einen Mund", erklärt Mrs Hadley mit erhobener Stimme. „Und ein Gebiss. Daran kann ich mich am besten erinnern. Ich war in meinem Garten und er starrte mich durchs Gebüsch an. Er hat mich angesehen, als ob ich ein Stück Steak auf seinem Teller sei. Das gefiel mir überhaupt nicht. Und ich dachte: Eines Tages wird er lernen, mich nicht so anzusehen!" Sie beugt sich über den Tisch. „Wisst ihr, Kinder, damals ahnte ich schon, dass ich übernatürliche Kräfte besitze!"

Du hörst dir dieses merkwürdige Gerede an und erinnerst dich, dass Tom gemeint hat, Mrs Hadley sei verrückt.

„Wem hat das Haus damals gehört?", fragt Karin.

„Einem Mr Roger Cranmore." Während sie das sagt, springt eine Siamkatze auf den Tisch. Sie sieht euch mit ihren kalten blaugrauen Augen an.

„Haben Sie Mr Cranmore gekannt?", möchtest du wissen.

„Nur ganz flüchtig – er ist viel gereist", erklärt Mrs Hadley und streichelt dabei ihre Katze. „Er wurde in seinem Bett ermordet." Karins Augen weiten sich. „Seine Leiche wurde von der Polizei gefunden, nachdem er nicht bei der Arbeit erschienen war", fährt Mrs Hadley fort.

Lies weiter auf Seite   37

Wie konnte das geschehen?, fragst du dich. Das ist der merkwürdigste Anblick, den du je gesehen hast. Aber noch merkwürdiger ist, dass der Werwolf sich vor deinen Augen verwandelt! Seine Schnauze schrumpft, sein struppiges Fell wird weniger, als ob Fleisch und Knochen darunter sich in Nichts auflösen würden. Dann löst sich auch die Haut auf und hinterlässt eine dicke Schicht rauer, borstiger Haare auf dem Boden, die die Umrisse eines Körpers abbilden, den es nicht mehr gibt.

Das kann doch nicht wahr sein! Du musst träumen! Aber dann erinnerst du dich, dass du in der Enzyklopädie gelesen hast, was einen Werwolf zerstören kann, und schaust zu Mrs Hadley hinüber. Sie hat einen wilden Blick. Sie reibt sich die Hände. Plötzlich springt die Katze auf ihre Schulter und starrt dich kalt an.

Lies weiter auf Seite 36

„Ich möchte wissen, was Mrs Hadley zu erzählen hat", erklärst du Tom. „Komm, Karin, gehen wir."

Kurz darauf klopft ihr an die Tür von Mrs Hadleys Haus, einem winzigen Farmhäuschen, das auf einem Grashügel am Waldrand steht. Ihr wartet etwa eine Minute, aber es macht niemand auf.

Ihr seht euch um. Die Sonne verschwindet schon hinter den Bäumen. Lange Schatten kommen vom Wald herüber und bedecken den Boden.

„Sie ist immer daheim", meint Karin. „Ich glaube, sie ist ein bisschen schwerhörig." Sie klopft noch mal, dieses Mal lauter. Du klopfst auch einige Male gegen die Tür.

Ein Gesicht erscheint am Fenster. Einen Moment später öffnet eine alte Frau mit langem weißen Haar, schmalem Gesicht und stechenden blauen Augen die Tür. Sie starrt euch wütend an und faucht: „Was wollt ihr, Kinder? Was soll der Lärm?"

„Wir wollten Sie fragen, ob Sie etwas Merkwürdiges bemerkt haben in letzter Zeit, einen seltsamen Mann oder ein Wesen?", fragt Karin.

Mrs Hadley zuckt zurück, ihre sowieso schon runzlige Stirn zieht sich noch mehr zusammen. „Was habt ihr gesehen?", will sie wissen.

Lies weiter auf Seite

20

„Ich bin mir nicht sicher, ob es ein ‚er' ist", erklärt Tante Charlotte. „Nach dem, was die Kinder erzählen, könnte es ein ‚es' sein."

Der Polizist sieht sie einen Moment lang misstrauisch an. „Nun, ob ‚er' oder ‚es', der Chef meint, dass er eventuell wiederkommt. Er möchte, dass ich über Nacht hier bleibe und aufpasse. Gehen Sie bitte nicht in das Zimmer. Der Beamte wird morgen früh kommen und Fingerabdrücke nehmen."

Und Pfotenabdrücke, denkst du.

„Du kannst auf der Couch im Gästezimmer schlafen", sagt Tante Charlotte zu Karin. Sie legt ihren Arm um sie. „Wir werden dein Zimmer wieder in Ordnung bringen, mein Schatz."

Ihr setzt euch mit dem Polizisten zusammen ins Wohnzimmer und besprecht, was geschehen ist. Dann nimmt Tante Charlotte das Telefon und wählt eine Nummer. Einige Augenblicke später legt sie mit besorgtem Gesichtsausdruck auf. „Ich wollte Mrs Hadley sagen, dass sie alles im Haus gut abschließen soll, doch sie nimmt nicht ab."

Lies weiter auf Seite   **56**

28

Der Film beginnt mit einem Kameraschwenk über einen Wald. Ein langes klagendes Heulen ertönt. Irgendwo in diesem Wald ist ein Werwolf!

Die Kamera fährt an eine Familie in einem Haus heran. Die Eltern und die Kinder sitzen vor dem Fernseher. Dasselbe Heulen, das ihr gerade gehört habt, tönt durch den Raum. Ein kleines Mädchen läuft zum Fenster hinüber.

„Was war das?", fragt ihr Bruder.

„Keine Ahnung", antwortet der Vater.

Das Mädchen setzt sich wieder hin, aber dann hört ihr erneut das Heulen, dieses Mal viel näher. Es klopft an der Tür und die Lichter im Zimmer beginnen zu flackern.

„Wer ist da?", fragt der Junge. Keine Antwort.

Das Klopfen und das Heulen dauern an.

Der Vater erhebt sich.

Die Mutter hält ihn zurück. „John, mach nicht auf. Ruf die Polizei!"

Der Vater greift nach dem Telefon und wählt eine Nummer. Das Klopfen hört nicht auf. Dann das Geräusch von splitterndem Holz – die Tür wird eingedrückt!

Lies weiter auf Seite   **69**

„Nun, wo soll ich anfangen?", sagt Mrs Hadley. „Ich habe nicht erwartet, dass ich je darüber sprechen würde, aber jetzt ist wohl die Zeit gekommen." Sie kneift die Augen zusammen und verzieht den Mund, starrt euch so intensiv an, dass ihr euch verschreckt in eure Sessel drückt.

„Vor Jahren", beginnt sie, „gab es einen Mann, der in dem Wald hinter eurem Haus wohnte, Karin. Damals stand da eine Hütte. Alle nahmen an, dass er dort lebte, aber kaum jemand hat ihn da je gesehen."

„Haben Sie ihn gesehen?", willst du wissen.

Sie nickt und gießt sich noch mal von diesem merkwürdig riechenden Tee ein. „Nur ein einziges Mal. Er hatte einen kurzen, struppigen Bart, borstige Haare und ein spitzes Gesicht mit einer langen, dicken Nase, die bis zum Kinn zu reichen schien."

„Wo war denn dann sein Mund?", fragt Karin.

Lies weiter auf Seite　　　　　　　　　　**24**

So lautlos wie möglich kriechst du ins dichte Gebüsch. Du lauschst angestrengt. Absolut nichts zu hören. Dann hörst du wieder Schritte. Was auch immer es ist, es bewegt sich nach links.

Vielleicht entfernt es sich ja, denkst du. Aber eine Sekunde später hörst du es wieder, dieses Mal kommt es auf dich zu. Es ist groß – das ist sicher. Und es hört sich nicht wie ein Mensch an.

Du hörst, wie es näher kommt … immer näher … Dein Herz hämmert. Es ist schon fast bei dir angekommen – es weiß genau, wo du bist! Du weichst zurück, bedeckst dein Gesicht mit den Armen.

Auf einmal ist es bei dir! Du riechst seinen heißen, stinkenden Atem. Seine riesige Pfote liegt auf deinem Arm. Du schützt dein Gesicht, aber durch deine Finger hindurch fällt dein Blick auf sein Gebiss, das sich gleich in dein Genick graben wird.

„Aus!", ruft eine Stimme. *„Zurück!"*

Das Wesen zieht sich zurück. Immer noch zusammengekauert blickst du in die sanften braunen Augen eines Schäferhundes. Hinter dem Hund steht ein streng dreinblickender Polizist.

Du bist zwar noch am Leben, aber du hast das Gefühl, als hätten deine Probleme gerade erst begonnen.

Ende

Karin erreicht ihre Mutter und wenige Minuten später kommt diese um euch abzuholen. Auf dem Heimweg erzählt ihr, was Mrs Hadley gesagt hat. Sie lacht.

„Ein Werwolf? Lächerlich. Ellen Hadley wird auch mit jedem Tag verrückter. Sich solch eine Geschichte auszudenken – um euch Angst einzujagen! Sie sollte sich schämen. Aber ich bin mir ziemlich sicher, dass sie nichts dafür kann. Sie war schon immer eine recht seltsame Frau und ich nehme an, je älter sie wird, desto seltsamer wird sie auch." Tante Charlotte biegt in die Einfahrt ein und hält an. Ihr folgt ihr ins Haus.

„Tom", ruft sie. Keine Antwort.

„Er ist zum Weiher, wo sie die Leiche gefunden haben", sagt Karin. „Wahrscheinlich ist er noch nicht zurück."

Deine Tante macht ein entsetztes Gesicht, so, als ob sie nun doch an Werwölfe glaubte. „Es wird schon recht dunkel – es könnte jede Minute anfangen zu regnen", sagt sie.

Lies weiter auf Seite

„Ich möchte nichts verpassen. Ich komme mit", erklärst du.

Ihr steigt ins Auto und wenige Minuten später hält Tante Charlotte vor Mrs Hadleys Häuschen. Es brennt nur ein schwaches Licht in der Küche.

„Ihr Kinder bleibt lieber im Auto – und verriegelt die Türen", sagt Tante Charlotte.

„Auf gar keinen Fall", erwidert Tom. Er macht die Tür auf und springt raus. Genauso schnell steigen Karin und du auf der anderen Seite aus.

„Also gut", sagt Tante Charlotte. „Aber bleibt zusammen und ganz in meiner Nähe."

Ihr folgt ihr zur Eingangstür. Sie klopft laut. Keine Antwort.

„Sie ist ein wenig schwerhörig", meint Tom.

„Vielleicht hat sie auch Angst aufzumachen", sagst du.

„Mrs Hadley!", brüllt Tante Charlotte und klopft noch einmal.

„Lasst uns zum Küchenfenster reingucken. Das ist der einzige Raum, in dem Licht brennt", schlägst du vor.

„Folgt mir", sagt Tante Charlotte.

Ihr geht um das Haus herum.

Lies weiter auf Seite 14

34 Als du einen Blick in die Küche wirfst, siehst du den Polizisten mit einer Zeitschrift und Kaffee am Tisch sitzen. Nicht gerade die beste Art, Wache zu halten, findest du.
Er schaut zu dir hoch. „Brauchst du irgendwas, mein Kind?"
„Nein", sagst du. „Ich bin nur ein wenig unruhig."

Lies weiter auf Seite 82

Ihr kommt nur langsam vorwärts – der Wald rund um den Weiher ist sehr zugewachsen. Es gibt eine Menge dorniges Gebüsch, durch das nur schwer durchzukommen ist. Ungefähr auf halbem Weg hältst du an, weil das Unterholz vor dir so dicht ist.

Du überlegst, ob du weiter in den Wald reingehen oder am Ufer entlangwaten sollst. Während du darüber nachdenkst, hörst du, dass sich im Wald etwas bewegt. Du duckst dich und horchst. Irgendjemand läuft hinter dir her, bewegt sich in deine Richtung! Tom kann es nicht sein – er ist in die andere Richtung gegangen. Dir wird ganz mulmig. Der Rückweg ist abgeschnitten.

Du könntest dich in dem dichten Gebüsch vor dir verstecken, aber wenn das, was da kommt, ein Werwolf ist, würde er dich vermutlich hören und dich außerdem riechen. Vielleicht solltest du lieber in den Weiher springen und auf die andere Seite schwimmen.

**Wenn du dich im Gebüsch versteckst,
lies weiter auf Seite**   31

**Wenn du in den Weiher springst
und losschwimmst, lies weiter auf Seite**   13

„W-Was haben Sie getan?", stammelt Tante Charlotte.

„Wie …" beginnst du, als die alte Frau zu dir herüberkommt und dich mit ihrer knotigen, runzligen Hand unter dem Kinn packt. Die Hand ist feucht und eisig kalt. Kälte zieht durch deinen Körper. Du beginnst zu zittern. Sie lässt dich los, aber du zitterst immer noch. Tom zittert genauso.

Tante Charlotte starrt immer noch auf die borstigen Haare am Boden. Sie scheint versteinert zu sein.

„Ist dir kalt, mein Kind?", fragt dich Mrs Hadley. „Möchtest du nicht eine Tasse Tee, bevor ihr geht?"

„Nein!", sagst du laut.

Die Frau nimmt Tante Charlotte bei den Schultern und schüttelt sie. „Sie haben doch nicht etwa Angst, meine Liebe? Wenn ich mir vorstelle, dass *Sie* sich Sorgen *um mich* gemacht haben!" Sie bricht in ein wildes gackerndes Lachen aus.

„Oh – ja, das haben wir", sagt deine Tante. „Wir dachten …" Ihre Stimme verliert sich.

„Wir dachten, dass es …" Du zeigst auf den Boden, bringst deinen Satz aber nicht zu Ende.

Lies weiter auf Seite 79

Mrs Hadley hält kurz inne. „Aber ihr seid ja noch Kinder. Ich sollte euch lieber nicht beschreiben, wie er aussah."

„Ach bitte!", meint Karin. „Wir sind alt genug."

„Wenn Sie wüssten, was wir alles im Fernsehen sehen", fügst du hinzu.

Sie lächelt dir ganz merkwürdig zu. „Also gut, ich werde es euch erzählen, wenn ihr unbedingt wollt. Sein Hals und seine Schultern waren von Krallen zerkratzt, so als ob ein Tier –"

Karin schnappt nach Luft. „Wie bei der Leiche, die sie am Weiher gefunden haben!" Genau dasselbe hast du auch gerade gedacht.

„Wurde der Mörder gefasst?", willst du wissen.

Mrs Hadley schüttelt den Kopf. „Sie haben die Wälder nach ihm durchkämmt. Und die Hütte untersucht, in der der Mann mit dem spitzen Gesicht lebte. Sie fanden Knochen – von Kaninchen, Hunden und sogar –"

„Menschen?", wirfst du ein.

„Ja. Menschen." Sie lächelt, so als ob ihr die Vorstellung gefiele. „Das war kein gewöhnlicher Mörder", erklärt sie. „Das war ein *Werwolf*."

Lies weiter auf Seite   **78**

38 Geschwind hilfst du Karin, das Bett von der Wand wegzuziehen und in Richtung Tür zu schieben.

Aus dem Flur kommt ein Geräusch – kein Heulen, sondern ein tiefes, kehliges Knurren. Dann Schritte. Sie halten genau vor der Tür. Mit einem letzten Ruck verkeilt ihr das Bett zwischen Tür und Wandschrank. Eine Sekunde später erschüttert ein gewaltiges Krachen die Tür, wieder und immer wieder. Dann ertönt ein wütendes Brüllen!

WUMM! Das Schloss bricht. Die Tür springt einige Zentimeter weit auf und drückt gegen das Bettgestell. Du siehst die dunkle, haarige Nase und die Zähne eines Werwolfs! Dann tritt er zurück.

WUMM! WUMM! WUMM! Ihr kriecht in eine Ecke und seht zu, wie die Tür immer wieder gegen das Bettgestell knallt. Der Werwolf wird nun richtig wütend!

Er hält einen Moment inne. Du hörst, wie er im Flur japst und knurrt. Dann rennt er mit solcher Wucht gegen die Tür, dass das Holz des Bettgestells splittert. Der Spalt in der Tür wird größer. Noch ein gewaltiger Schlag. Das Holz splittert noch mehr!

Lies weiter auf Seite **52**

Du siehst nicht besonders viel durch die schmutzigen Glasscheiben, aber du kannst erkennen, dass jemand auf die Hütte zukommt. Sein Haar, der Hals und die Schultern sind behaart und sein Kopf ganz flach. Sein langer, spitzer Mund ist leicht geöffnet. Er hat die Zähne und die Schnauze eines Wolfs!

„Bloß weg hier!", ruft Tom. Er rennt zur Tür hinaus. Du hast den Bruchteil einer Sekunde, um dich zu entscheiden. Tom ist dir schon voraus. Wenn du schnell losrennst, wird der Wolf euch vermutlich einholen und dich als Ersten erwischen. Vielleicht verfolgt der Werwolf Tom schon. Du könntest dich unter dem Bett verstecken und fliehen, wenn er das nächste Mal rausgeht.

Wenn du Tom hinterherrennst, lies weiter auf Seite 50

Wenn du dich unter dem Bett versteckst, lies weiter auf Seite 55

„Ich will mir mit Tom den Weiher ansehen", sagst du.

„Ich hoffe nur, dass ihr wiederkommt", meint Karin.

Tom schreckt zurück und macht große Augen, so als ob er Angst hätte. „Mach *du* dir mal keine Sorgen um *uns*!", sagt er zu ihr. Dann macht ihr euch auf den Weg.

Tom führt dich die Straße entlang, dann geht es auf einem kleinen Weg durch den Wald. Ihr kommt an einem schmalen, furchigen Feldweg vorbei, der nach rechts abbiegt.

„Wo der wohl hinführt?", meint Tom. „Den bin ich noch nie gegangen."

„Vielleicht sollten wir ihn ausprobieren", schlägst du vor.

„Na ja, wir sind schon fast beim Weiher", wendet Tom ein. „Da haben sie die Leiche gefunden."

Ihr geht weiter und kurz darauf könnt ihr den Weiher durch die Bäume schimmern sehen. Er hat einen Durchmesser von ungefähr 45 Metern. Krähen flattern in den Bäumen am anderen Ufer.

Der Weg führt zu einer kleinen Wiese am Ufer des Weihers, aber sie ist abgesperrt. Auf einem Schild, das am Absperrband hängt, steht:

TATORT –
BETRETEN VERBOTEN

Lies weiter auf Seite 58

„Ich wünschte, es wäre *kein* Werwolfbiss", sagst du und tust ganz besorgt. „Ich frage mich, was mit mir passieren wird."

Tom starrt dir einen Moment lang ins Gesicht, dann blickt er wieder auf dein Bein. „Der Biss sieht ziemlich merkwürdig aus", sagt er. „So was hab ich noch nie gesehen."

„Das kommt daher, dass du noch nie von einem Werwolf gebissen wurdest", erklärst du. „Bis *jetzt* nicht."

Er macht noch einen Schritt zurück, wirft dabei beinahe eine Lampe um und springt dann wie ein erschreckter Hase in die Höhe. Dann steht er da und sieht dich an, als könne er sich nicht entscheiden, ob er dir glauben soll oder nicht.

Du hast das Gefühl, dass Tom von nun an immer ein wenig Angst vor dir haben wird. Er sieht so schrecklich besorgt aus. Du musst einfach lachen.

„Warum lachst du?", fragt er ärgerlich. „Ich weiß sehr wohl, dass du nicht von einem Werwolf gebissen wurdest."

„Klar", antwortest du. „Wenn du das glauben möchtest."

Lies weiter auf Seite 16

Du hast ein bisschen länger geschlafen. In der Küche triffst du nur noch Karin an. Tante Charlottes Auto ist weg, vermutlich musste sie was erledigen, vielleicht gemeinsam mit Tom, denn du kannst ihn nirgends entdecken.

„Hi!", begrüßt Karin dich.

„Hi." Du schaust sie gar nicht richtig an – deine Augen wandern zur Anrichte hinüber, wo Tante Charlotte Cornflakes, Bananen, Muffins und Saft bereitgestellt hat. Du wirfst einen Blick zu Karin hinüber, um zu sehen, was sie isst. Es ist etwas sehr Seltsames. Du trittst näher. Das darf doch nicht wahr sein! *Sie isst eine Maus!*

Du schaust entsetzt zu, wie sie ein Hinterbein abschneidet und davon abbeißt, so als ob es ein Stückchen Hühnerfleisch sei. Du stehst da und kannst deinen Blick nicht abwenden.

Merkwürdigerweise vergeht dein Entsetzen. Ein neues Gefühl macht sich in dir breit: *Diese Maus sieht sehr lecker aus!*

Ende

„Ja", sagst du.

Tante Charlotte streicht Karin übers Haar und schlägt vor: „Warum gehst du nicht in dein Zimmer und liest ein bisschen, wenn du den Film nicht sehen möchtest, mein Schatz?"

„Okay, ich geh ja schon!" Karin springt auf und stürmt aus dem Zimmer, sie nimmt nicht mal ihr Popcorn mit.

Ihr anderen wendet euch wieder dem Film zu. Der Vater versucht den Werwolf mit einem Stuhl zu überwältigen. Das Licht geht aus. Jetzt ist das Wohnzimmer nur noch vom fahlen Mondlicht beleuchtet, aber man kann den Werwolf sehen. Er gibt schreckliche Knurrlaute von sich. Auf einmal wendet er sich um und springt den Vater an.

Lies weiter auf Seite 68

„In Ordnung, ich werd sie probieren", sagst du.

„Sehr gut." Er gibt wieder diese leisen knurrenden Laute von sich und beugt sich zu dir herüber. Du nimmst einen winzigen Schluck. Die Suppe schmeckt fettig, heiß und ein wenig bitter. Sie verursacht ein leichtes Schwindelgefühl.

„Schmeckt doch gut, findest du nicht?", meint der Werwolf. „Iss sie auf."

„Nein danke", flüsterst du. „Mir ist nicht wohl."

„VERSCHWINDE!", brüllt der Werwolf plötzlich. Er reißt die Tür auf und holt aus, als ob er nach dir greifen wollte. Aber du bist schon durch die Tür und läufst um dein Leben! Du bleibst nicht stehen, bis du Tante Charlottes Haus erreicht hast. Du bist glücklich, entkommen zu sein, machst dir aber große Sorgen wegen der Suppe. Jetzt geht es dir wieder gut, aber als du sie gegessen hast, überkam dich ein ganz merkwürdiges Gefühl. Was war da außer Kaninchen sonst noch drin? Und was hat das bei dir bewirkt?

Du weißt es nicht. Noch nicht. Aber in der Nacht, kurz vor Tagesanbruch, wachst du auf und gehst zum Fenster. Lange stehst du dort, starrst den Mond an, bis du, warum verstehst du selbst nicht, ein langes klagendes Heulen von dir gibst.

Ende

46

In der Einfahrt leuchten Scheinwerfer auf. Tante Charlotte ist zurück und mit ihr Tom. Karin rennt zum Auto. Sie öffnet die Tür zum Rücksitz und schlüpft hinein. Du folgst ihr auf dem Fuße.

Tante Charlotte lacht. „Hey, wir gehen nirgendwo hin!"

„Aber wir *müssen*", sagt Karin zitternd. „D…"

„Du hast Blut an der Nase!", unterbricht ihre Mutter und starrt dich an. Sie gibt dir ein Taschentuch. „Was ist los?"

„*Da!*", brüllt Tom, als ein Blitz den Himmel erleuchtet.

„Oh mein Gott!", ruft Tante Charlotte. Ihr schaut alle entsetzt zu, wie der Werwolf in großen Sätzen den Schatten, den das Haus wirft, durchquert. Dann ist es wieder dunkel. Kurz darauf hört ihr ein langes, klagendes Heulen.

Lies weiter auf Seite **12**

Karin umklammert deinen Arm, als es donnert. „Das ist Tom!", ruft sie. „Mit dem Werwolf!"

„Bist du sicher?"

„Ich kenne doch meinen eigenen Bruder!"

„Aber ist das wirklich ein Werwolf?"

„Das ist er! Ich weiß, dass er es ist!" Sie gibt einen verzweifelten Laut von sich, halb Schluchzen, halb Schrei. Ein weiterer Blitz beleuchtet die beiden Gestalten.

„Tom!", ruft Karin. „*Tom!*" Der Donner übertönt ihre Stimme.

„*Tom!*"

Keine Antwort.

Karin starrt dich entsetzt an. Sie scheint vor Angst wie gelähmt. Du kannst es ihr nicht verübeln – du willst Tom zu Hilfe eilen, aber du hast genauso viel Angst!

**Wenn du zu Tom läufst,
lies weiter auf Seite** **62**

**Wenn du beschließt,
dass es vernünftiger ist, zum Haus
deiner Tante zurückzukehren,
lies weiter auf Seite** **59**

Du beschließt, im Haus zu bleiben. Nun, da der Polizist bei euch ist, hoffst du sogar, dass der Werwolf zurückkehrt. Es wäre schon toll, wenn du ihn dir genauer ansehen – und zusehen könntest, wie er gefangen wird.

„Dass du mir nicht draußen herumstreunst!", ermahnt dich Tante Charlotte, bevor sie geht. „Und wenn du etwas Ungewöhnliches hörst, sag es auf jeden Fall dem Beamten. Wir müssten in einer Viertelstunde zurück sein. Bist du sicher, dass du hier bleiben möchtest?"

„Ja, ist echt okay."

Kurz darauf fahren Tante Charlotte, Karin und Tom los. Du spürst leises Bedauern und fragst dich, ob du nun wohl was verpassen wirst. Und außerdem bist du auch ein wenig nervös. Was, wenn der Werwolf *wirklich* zurückkehrt? Es ist zwar ein Polizist im Haus, aber der kann auch nicht überall gleichzeitig sein.

Du versuchst zu lesen, aber du bist zu unruhig. Du wanderst ruhelos im Haus umher. Dann stehst du vor einem Fenster, starrst in die Dunkelheit hinaus und horchst. Aber du hörst nur das sanfte Zirpen der Grillen und hin und wieder ein Auto.

Lies weiter auf Seite 34

„Tom, hör auf!", sagt Karin und wirft mit einem Kissen nach ihm. Er nimmt die Arme hoch, um es abzuwehren.

„Hört auf, alle beide!", schimpft Tante Charlotte.

Wieder hört ihr das Heulen. Tante Charlotte steht auf und blickt aus dem Fenster. „Es hört sich wirklich an, als ob es von draußen käme", sagt sie.

„Vielleicht hört der Werwolf da draußen den im Film", mutmaßt du.

„Das ist überhaupt nicht lustig", meint Karin. „Schließlich ist in der Nähe jemand *umgebracht* worden, wie ihr euch *vielleicht* erinnert!"

Im Film ist ein riesiger Werwolf plötzlich ins Zimmer gestürmt. Seine Vorderpfoten mit den langen, gebogenen Krallen sind ausgestreckt. Sein Maul steht offen und die scharfen, spitzen Zähne sind zu sehen. Die Familie drängt sich verängstigt in eine Ecke.

„Die Telefonleitung ist tot!", ruft der Vater.

„*Nein! Nein!*", kreischt die Mutter.

„Können wir bitte ausschalten?", bettelt Karin.

Tom schreit sie an: „Geh doch woanders hin, wenn's dir nicht gefällt!" Dann fragt er dich: „Du willst den Film doch auch weiter anschauen, oder?"

**Wenn du „Ja" sagst,
lies weiter auf Seite** 44

**Wenn du „Nein" sagst,
lies weiter auf Seite** 76

Du machst dich davon und rennst, so schnell du kannst, den holprigen, unebenen Weg entlang. Hinter dir hörst du schnelle Schritte, dann einen Laut, halb Knurren, halb Brüllen.

Ohne Zeit damit zu verlieren, dich umzudrehen und nachzusehen, versuchst du noch schneller zu rennen. Langsam holst du Tom ein. Bald bist du nur wenige Schritte hinter ihm. „Schneller!", rufst du.

Er dreht sich halb um, aber dann stürzt er plötzlich, weil er mit einem Fuß in einer Rebe hängen geblieben ist! Er knallt auf den Boden. Du kannst nicht mehr abbremsen – du stolperst und fällst über ihn.

Als ihr versucht, wieder auf die Beine zu kommen, spürst du den harten Griff einer Hand mit Krallen. An deinem Ohr fühlst du den heißen, japsenden Atem und du hörst das tiefe, kehlige Knurren eines Werwolfs! Sein riesiges Gebiss mit den langen Zähnen ist nur wenige Zentimeter von deinem Hals entfernt!

Du versuchst dich loszumachen, aber er verstärkt den Druck seines Griffs. Der Werwolf schüttelt euch beide, bis euch alle Kraft verlassen hat und ihr vor Angst, Hilflosigkeit und Verzweiflung ganz willenlos geworden seid.

Lies weiter auf Seite

„Woran denkst du gerade?", möchtest du wissen.

„Dass der Werwolf Tom vielleicht etwas angetan hat!"

„Damit er nicht mit uns redet?"

„Das oder noch Schlimmeres." Karin schüttelt den Kopf, so als ob sie versuchen wollte, ihre Gedanken damit zurechtzuschütteln. „Meinst du, wir sollten es meiner Mutter erzählen?", fragt sie. „Eigentlich finde ich, dass sie es erfahren muss, aber was kann sie schon machen? Es wird sie nur beunruhigen."

„Wir sollten es ihr wirklich sagen."
Wenn du das sagst,
lies weiter auf Seite   **90**

„Ich finde, wir sollten es ihr nicht sagen."
Wenn du das sagst,
lies weiter auf Seite   **63**

„Gleich hat er es geschafft!", brüllst du. „Wir *müssen* den Baum runter!"

Karin klettert schnell auf die Fensterbank, aber dann erstarrt sie. Der Baum steht einen halben Meter vom Fenster entfernt.

Es regnet noch immer in Strömen. Blitze zucken über den Himmel. Donner ist zu hören. „Du schaffst es", rufst du. „Leg Arme und Beine um den Baumstamm – du kannst daran herunterrutschen."

Mit einem kleinen Schrei springt sie. Sie kriegt den Baum genau richtig zu fassen und rutscht langsam auf die Erde zu. Du kletterst schnell aufs Fensterbrett.

Hinter dir ertönt ein fürchterliches Krachen. Das Bettgestell gibt nach. Die Tür fliegt auf. Du blickst über die Schulter. Eine haarige, gebeugte Gestalt kommt auf dich zu, das Maul weit aufgerissen, die lange Zunge ist zwischen den spitzen, gebogenen Zähnen zu sehen.

Du wirfst dich hinaus und schlägst ziemlich unsanft gegen den Baum, wobei du dir die Nase verletzt. Dann dauert es nur ein, zwei Sekunden, bis du runtergerutscht bist – den letzten Meter musst du springen. Du fällst beinah auf Karin, die gerade aufstehen will.

Lies weiter auf Seite

Der Werwolf lockert seinen Griff, aber nicht so weit, dass ihr euch bewegen könnt. Zu deinem Entsetzen schnüffelt er zuerst an Toms Hals und dann an deinem! Er brummt und knurrt leise.

Du machst den Mund auf, willst schreien, aber er schlägt seine Pfote darüber.

„Keiner von euch ist ausgereift", sagt er. „Ich werde euch laufen lassen. Aber nur unter einer Bedingung!"

„Jede!", meint Tom eilig.

„SEI STILL!", knurrt er. „Die Bedingung ist, dass ihr alles vergesst, was ihr heute Nachmittag gehört und gesehen habt."

„Klar!", sagt Tom. „Wir versprechen es!"

„Ja, das tun wir!", rufst du. Du überlegst, dass es ziemlich unmöglich sein wird, jemals zu vergessen, was geschehen ist. Aber das ist etwas, das du dem Werwolf sicher nicht erzählen wirst!

„Gut." Er lockert seinen Griff noch einmal ein wenig. „Denn, wenn ihr euch je daran erinnert, was geschehen ist, dann … *werden wir uns wiedersehen.* Habt ihr verstanden?"

„Ja", stoßt ihr beide hervor.

„DANN VERSCHWINDET!"

Lies weiter auf Seite

Du bist dir sicher, dass der Werwolf dich erwischen wird, wenn du wegrennst, also versteckst du dich unter dem Bett. Dort liegst du horchend und fragst dich, ob Tom gerade gejagt wird. Du hörst nur das Schimpfen einer Krähe.

Die Minuten vergehen. Du wartest schwitzend und wünschst dich ganz weit weg. Die Spannung ist kaum zu ertragen. Langsam beginnst du, unter dem Bett hervorzukriechen. Doch dann hörst du Schritte und erstarrst.

Die Tür öffnet sich. Der Werwolf ist zurückgekommen. Er geht auf und ab. Keine Geräusche, die auf Tom hinweisen – er muss entkommen sein!

Du bewegst dich keinen Millimeter, aber in deinem Kopf dreht sich alles. Der Werwolf geht umher. Du wagst es nicht nachzusehen, was er tut – du bist sowieso schon zu nahe am vorderen Bettrand. Du könntest versuchen weiter nach hinten zu rutschen, aber du möchtest keinen Lärm machen.

Dann steigt dir Rauch in die Nase. Irgendetwas wird gekocht. Es riecht irgendwie nach Fett und Fleisch. Vielleicht köchelt in dem Topf ein Kaninchen.

Lies weiter auf Seite

70

56

„Sie wird ausgegangen sein", vermutet Tom.

„Ausgegangen? Ich glaube nicht, dass sie abends noch ausgeht", antwortet seine Mutter. Sie greift noch einmal zum Telefon. Dieses Mal ist sie sichtlich verärgert, als sie den Hörer wieder auflegt.

„Ich habe der Polizei gesagt, dass sie jemanden schicken sollten, der Mrs Hadley beschützt. Sie haben gemeint, dass sie niemanden hätten – dass sie nicht für jede Person der Stadt einen Polizisten abstellen könnten."

„Da haben sie irgendwie Recht", sagst du.

„Ja", meint deine Tante. „Aber Mrs Hadley ist alt und lebt allein. Es muss was passiert sein, sonst hätte sie abgenommen. Ich werde rübergehen und nachsehen, ob alles in Ordnung ist."

„Du solltest jetzt nicht rausgehen", widerspricht Tom.

„Ich werde gehen", sagt sie. „Ihr könnt mitkommen oder hier bei dem Polizisten bleiben."

Lies weiter auf Seite   **80**

Der Polizist nimmt dich mit zum Streifenwagen, reinigt deine Wunde und legt einen Verband an. Er rät dir zum Arzt zu gehen, wenn du wieder zu Hause bist.

Du machst dich leicht hinkend auf den Weg zu Tante Charlottes Haus. Es ist niemand da, als du ankommst, also ziehst du dir was Trockenes an, holst dir was zu trinken und legst dich auf die Couch. Deinem Bein geht es viel besser, nachdem du es hochgelegt hast.

Nach einigen Minuten kommt Tom herein. „Hi. Wo warst du denn?", will er wissen. „Ich hatte schon Angst, der Werwolf könnte dich erwischt haben!" Sein Blick fällt auf deinen Verband. „Was ist passiert?"

„Ich bin gebissen worden."

„Aber nicht vom Werwolf?", meint er mit weit aufgerissenen Augen.

„Sag ich dir nicht."

„Lass mal sehen." Er kommt näher.

Du schiebst den Verband zurück, gerade weit genug, dass er den Bissabdruck und die blauschwarzen Blutergüsse drumherum sehen kann.

„Uuuhh!" Tom weicht mit angeekeltem Gesichtsausdruck zurück. „Das war nicht wirklich der Werwolf, oder?"

Lies weiter auf Seite 41

„Das war's dann wohl", meint Tom. „Glaubst du, wir bekommen Ärger, wenn wir über die Absperrung steigen?"

„Ganz sicher", sagst du.

„Gehen wir trotzdem." Tom ist ganz aufgeregt. „Oder sollen wir umkehren und stattdessen diesen Feldweg erkunden?"

**Wenn du beschließt,
das BETRETEN-VERBOTEN-Schild
zu ignorieren,
lies weiter auf Seite**

74

**Wenn du beschließt,
den Feldweg auszukundschaften,
lies weiter auf Seite**

71

„Wir sollten besser nicht da runtergehen. Das könnte gefährlich werden", sagst du.

„Holen wir lieber Hilfe", meint Karin. Ihr rennt zusammen zum Haus von Tante Charlotte und werdet nur hin und wieder langsamer, um zu Atem zu kommen. Als ihr ankommt, könnt ihr weder Tom noch deine Tante finden. Zur Sicherheit durchsucht ihr alle Zimmer.

Ihr steht am Küchenfenster und schaut raus. Es beginnt zu regnen. Außer den gelegentlichen Blitzen am Himmel ist es stockdunkel.

„Vielleicht sollten wir die Polizei rufen", sagst du.

In dem Moment geht die Küchentür auf.

Lies weiter auf Seite 66

Mit einer schnellen Drehung schleuderst du dem Werwolf die heiße Suppe ins Gesicht.

Er schreit auf und wischt sich die dampfende Brühe aus den Augen. Du willst wegrennen, kannst aber den Blick nicht von ihm abwenden. Seine pelzige Schnauze nimmt die Form einer menschlichen Nase an. Seine Pfoten ähneln allmählich wieder Händen. Dann bemerkst du, dass er weint.

Du weißt nicht, was du davon halten sollst. Aber du vergeudest keine Zeit mit Nachdenken – du stürmst zur Tür hinaus und läufst los, so schnell wie nie zuvor!

Du schaust nicht mehr zurück. Als du bei Tante Charlottes Haus ankommst, bist du völlig außer Atem. Aber du bist auch total glücklich. Irgendwie, das weißt du, hast du den Werwolf besiegt. Und du weißt, dass er dich nie mehr angreifen wird.

Ende

„Ich werde herausfinden, was los ist", erklärst du und läufst den Feldweg entlang. Karin folgt dir auf dem Fuße.

Bald bist du an der Stelle, an der du Tom gesehen zu haben glaubst – aber keine Spur von ihm oder dem Werwolf. Es ist nun schon beinahe dunkel und der Mond kommt nur selten hinter den Wolken hervor. Da, plötzlich, siehst du, dass Tom auf dich zugerannt kommt. Er brüllt irgendetwas, aber seine Stimme geht in einem gewaltigen Donnerschlag unter.

Lies weiter auf Seite 72

Ihr beschließt, deiner Tante nicht zu erzählen, was ihr gesehen habt. Nach ein, zwei Tagen seid ihr froh, dass ihr es für euch behalten habt. Es gibt keine Neuigkeiten über den Werwolf und Tom scheint ganz normal zu sein. Ihr habt eine tolle Zeit, geht ins Kino, spielt Softball und besucht den Freizeitpark in der Nähe.

Erst am Abend vor deiner Abreise kommt dir Tom merkwürdig vor, Karin aber auch. Die beiden haben in den letzten Tagen eine Menge Zeit miteinander verbracht. Tom sieht verwahrlost aus. Und da ist ein Glitzern in seinen Augen. Karin gibt merkwürdig kehlige Laute von sich und ihr Gang hat sich auch irgendwie verändert. Du hast ein unbehagliches Gefühl deswegen – und bist froh, wieder heimzufahren.

In dieser Nacht kannst du nicht schlafen. Im Zimmer schwirrt eine Stechmücke umher. Sie summt ständig in deinen Ohren. Als du endlich einschläfst, träumst du schreckliche Dinge. In einem Traum berührt dich etwas. Du spürst heißen Atem an deinem Ohr. Dann wachst du auf. Oder du träumst, dass du aufwachst, denn du blickst in das Gesicht eines Werwolfs! Du drehst dich um und spürst, wie seine Krallen deinen Hals aufkratzen!

Lies weiter auf Seite 67

Es gibt dir ein Gefühl der Sicherheit, dass er da ist.

„Ich bin froh, dass der Sturm vorüber ist", meinst du, und verschränkst die Hände hinter dem Kopf. Der Polizist antwortet nicht.

„Haben Sie auf der Polizeischule gelernt, wie man mit Werwölfen umgeht?", fragst du mit einem Lachen in der Stimme. Keine Antwort. Du hoffst, dass deine Verwandten bald zurückkommen.

Es vergehen einige Minuten. „Ziemlich ruhig hier", sagst du. Immer noch keine Antwort. „Können Sie mich hören?", fragst du, etwas überrascht, dass der Polizist so unhöflich ist. Du stehst auf und gehst zu seinem Stuhl hinüber. Sein Abzeichen schimmert im Mondlicht.

„Ich habe gefragt, ob Sie mich hören können!", wiederholst du und bückst dich, um in sein behaartes Gesicht zu blicken. *Behaart?!*

Aus dem Polizisten ist ein Werwolf geworden! Und du bist in seinen Händen!

„Ich habe jedes einzelne Wort gehört!", sagt er mit einem fiesen Grinsen, als du erschrocken zurückweichst. „Schließlich sind meine Ohren jetzt groß genug."

Ende

„Hallo!", ruft eine Stimme. Tom ist zurück, triefend nass. Er sieht aus, als ob ihm alles gleichgültig ist.

Karin läuft auf ihn zu. „Tom, bist du okay?"

„Klar – warum sollte ich nicht?", meint er achselzuckend.

„Wir haben dich im Wald gesehen", erklärt Karin.

„Mit dem Werwolf", fügst du hinzu. „Was ist passiert?"

„Ich habe keinen Werwolf getroffen. Ich hab nur nach Spuren gesucht."

Karin starrt ihn an, die Hände in die Seiten gestemmt. „Tom, bist du sicher, dass du niemanden getroffen hast?"

„Ich lüg dich doch nicht an", sagt er eisig. „Also lass mich in Ruhe." Er wendet sich ab und geht nach oben, lässt dich und Karin einfach stehen. Ihr schaut euch an.

„Ich weiß nicht, ob ich ihm glauben soll", meinst du.

„Ich auch nicht", sagt Karin. „Ich hätte schwören können, dass das Tom war, auf der Straße."

„Und ich hätte schwören können, dass das neben Tom der Werwolf war", fügst du hinzu.

Karins Gesicht verdüstert sich.

Lies weiter auf Seite

51

Dann wachst du *wirklich* auf. Du springst aus dem Bett. Deine Laken und Decken sind in alle Richtungen verstreut und du stehst zitternd da und bist froh, dass du aus diesem Albtraum erwacht bist.

Du schaltest das Licht ein und siehst sorgfältig nach, ob auch wirklich niemand im Raum ist. Dann gehst du ins Bad und blickst in den Spiegel. Da ist etwas Blut an deinem Hals. Du wischst es ab. Ein paar Kratzer und einen Striemen hast du auch.

Also bist du doch von einem Werwolf angegriffen worden! Du willst schon losbrüllen, aber dann beruhigst du dich wieder. Wahrscheinlich bist du von einer Mücke gestochen worden. Der Stich hat gejuckt und du hast dich gekratzt. So muss es gewesen sein.

Trotzdem dauert es eine ganze Weile, bevor du wieder einschläfst.

Als du am nächsten Morgen aufwachst, ist der Albtraum nur noch eine schwache Erinnerung. Du wirst um die Mittagszeit mit dem Bus nach Hause fahren. Allein der Gedanke daran bessert deine Laune auf. Als du zum Frühstück hinuntergehst, fühlst du dich seltsam fröhlich und voller Energie.

Lies weiter auf Seite   **42**

Das ist mal ein richtig gruseliger Film, denkst du. Dann hörst du auf einmal ein Geräusch hinter dir. Karin muss zurückgekommen sein. Aber sie ist wohl immer noch sauer. Statt sich zu euch aufs Sofa zu setzen, nimmt sie sich ein Schüsselchen voll Popcorn und setzt sich in den großen Sessel in der Ecke.

Der Film geht weiter. Alle laufen kopflos im Zimmer umher und versuchen dem Werwolf zu entkommen.

Peng! Es trifft dich was am Kopf. Popcorn. Karin muss sich ziemlich langweilen. Aber du bist so in den Film vertieft, dass du sie ignorierst. Tom und Tante Charlotte kümmern sich ebenfalls nicht um sie.

„Ha, ha, ha", lacht Karin laut. Sie schnauft ein paar Mal und isst geräuschvoll Popcorn.

„Psssst!", flüstert Tom. „Wir können uns ja gar nicht konzentrieren."

Dann wird die Mattscheibe völlig schwarz. Aber das Knurren und die schrecklichen Geräusche sind weiterhin zu hören – in eurem Zimmer, da, wo ihr sitzt!

Im nächsten Augenblick saust eine ganze Schüssel Popcorn durch die Luft und verteilt sich über Tom, Tante Charlotte und dir.

Lies weiter auf Seite

„Dieser Film ist viel zu gruselig!", sagt Karin. „Lasst uns aus-schalten."

„Nein", sagt Tom laut. „Es wird gerade spannend." Kaum hat er den Satz beendet, da hörst du ein langes heulendes Ge-räusch.

Tante Charlotte setzt sich kerzengerade hin und legt eine Hand ans Ohr. „War das im Film oder kam das aus unserem Wald?"

„Aus unserem Wald", erklärt Tom. „Ha, ha, ha", lacht er und versucht dabei ganz Furcht erregend zu klingen.

Lies weiter auf Seite 49

Du hörst tiefe, kehlige Laute. Sie sind viel lauter und viel tiefer als das Schnurren einer Katze, aber sie erinnern dich daran. Vielleicht ist der Werwolf zufrieden, weil er gleich essen wird.

Du hörst, wie er im Raum umhergeht, wie er näher zum Bett kommt.

Er bleibt stehen. Was macht er? Bitte, entdeck mich nicht, denkst du.

Du hörst ein Grrrrrrrrhaaaaaah! – ein Knurren, das sich in Heulen verwandelt. Dann spürst du einen eisenharten Griff um deinen Arm. Du wirst unter dem Bett hervorgezogen. Als du hochschaust, siehst du in das Gesicht eines *Werwolfs*!

Mit einer einzigen schnellen Bewegung hebt er dich in die Luft, setzt dich auf einen Stuhl und schiebt ihn an den Tisch. Das Fell eines gerade abgezogenen Kaninchens ist darauf ausgebreitet. Ein dampfender Topf steht auf dem Holzherd – er hat Suppe gekocht.

Er schöpft etwas davon in eine grob gehauene Holzschale. Dann setzt er sich auf die Bank und schaut dich an.

„Du gefällst mir", meint er schließlich.

Lies weiter auf Seite   92

„Gehen wir doch den Feldweg entlang und schauen mal, was wir dort finden", schlägst du vor.

„Okay, warum nicht", meint Tom.

Der Weg windet sich durch den Wald und führt in vielen Kurven einen Hügel hinauf. Er ist so furchig und ausgewaschen, dass man ihn nicht einmal mit einem Jeep befahren könnte.

Dann kommt ihr zu einer Stelle, an der ein Baum quer über den Weg gefallen ist. Von da ab ist der Weg nicht mehr als ein Pfad, der in die Wildnis führt. Ihr geht den Pfad entlang, bis er nach ein paar hundert Metern plötzlich vor einem riesigen Holzhaufen endet.

„Wer das wohl hier aufgetürmt hat?", fragst du.

Tom zuckt mit den Schultern. „Keine Ahnung. Ich bin noch nie hier gewesen. Sieht aus wie eine Barriere, so als ob jemand verhindern wollte, dass man weitergeht."

„Na, uns hält das jedenfalls nicht ab!", erklärst du. „Los, komm!"

Der Pfad führt weiter, aber er ist zugewachsen und kaum noch zu erkennen.

Lies weiter auf Seite 84

Dann hörst du ihn brüllen. „Lauf! Der Werwolf hat mich erwischt, aber ich bin entkommen!" Er ist jetzt fast neben dir. Ein Blitz zuckt über den Himmel, und in diesem Augenblick siehst du Blut auf Toms Kragen.

Dann rennt ihr alle drei los, du voran. Ihr haltet nicht einmal an, als ihr die Hauptstraße erreicht. Bei einer Straßenlaterne werdet ihr schließlich langsamer.

„Ist der Werwolf hinter uns?", keuchst du, zwischen zwei Atemzügen.

„Nein", antwortet eine tiefe, raue Stimme. „Er steht direkt neben dir."

Du blickst zu Tom hinüber und schreist auf! Sein Gesicht ist dabei, sich in eine Schnauze zu verwandeln, und ist schon mit Fell bedeckt! Seine Hände sind zu Pfoten geworden und an seinen Fingern wachsen spitze Krallen!

Lies weiter auf Seite 89

74

„Ich bin dafür, dass wir hier bleiben und uns umschauen", sagst du.

Ihr schlüpft unter der Absperrung durch und sucht den Boden nach Spuren ab. Tom untersucht den Bereich zwischen Wald und Weiher. Du siehst dich am Ufer um.

Dunkle Wolken jagen über den Himmel. Wind ist aufgekommen und die Oberfläche des Weihers kräuselt sich. Du kniest dich hin und fährst mit den Fingern durchs Wasser. Es ist kalt. Als du deinen Blick über den Weiher wandern lässt, bemerkst du so etwas Ähnliches wie einen Pfad, der in den Wald hinein zu führen scheint.

Tom ruft nach dir. „Ich kann nichts finden. Sie müssen ziemlich gründlich gesucht haben."

„Hast du gewusst, dass auf der anderen Seite ein Pfad vom Weiher wegführt?", rufst du zurück. „Könnte sein, dass der Werwolf auf diesem Weg entkommen ist."

Tom wirft einen Blick in die Richtung, in die du zeigst. „Den hab ich noch nie bemerkt", sagt er. „Wir sollten ihn uns mal genauer ansehen."

„Gut", meinst du. „Ich geh links um den Weiher herum und du auf der anderen Seite. Auf diese Weise haben wir das ganze Gebiet abgedeckt."

Tom nickt und ihr geht los.

Lies weiter auf Seite   **35**

Er lockert seinen Griff. Ihr springt auf und lauft, so schnell ihr könnt, bis ihr den Hügel erreicht habt und Werwolf und Hütte außer Sicht sind.

Du schaust Tom an und er dich.

„Ich erinnere mich daran, was passiert ist. Und du?", fragt Tom.

„Wie könnte ich das vergessen?", antwortest du.

„Ich weiß", meint Tom. „Aber das heißt, dass wir uns nicht daran halten, was er uns gesagt hat."

„Na und?", gibst du zurück. „Er kann ja schließlich nicht unsere Gedanken lesen."

Ihr holt tief Luft, damit ihr weiterlaufen könnt. Auf einmal hört ihr knackende Zweige. Und langes, jaulendes Heulen – das sich so anhört, als käme es immer näher!

Ihr blickt euch wieder an. Der Werwolf kann eure Gedanken *nicht* lesen. Oder doch?

Ende

„Nein, lasst uns ausschalten", sagst du.

„Genug!" Tante Charlotte greift nach der Fernbedienung und stoppt den Film. Sie steht auf und drückt auf die Rückspultaste am Videorekorder.

Genau in diesem Augenblick klingelt das Telefon und jagt euch allen einen Schrecken ein.

„Hallo?", antwortet Tante Charlotte. Ihr seht, wie sie nervös mit dem Telefonkabel spielt, den Mund erschrocken aufgerissen. „Sind Sie ganz sicher? Noch eine Leiche?", sagt sie zu der Person am anderen Ende. „Mit riesigen Bisswunden?"

Ende

„Ich mag das nicht, ich will mehr FLEISCH!", ruft eine Stimme.

Tante Charlotte schaltet blitzschnell das Licht an und gibt einen Schrei von sich. Es ist der *Werwolf*, der sich im Sessel niedergelassen hat! Ihr versteckt euch hinter Tante Charlotte. Karin ist nirgends zu sehen! Du fragst dich, ob ihr etwas Schreckliches zugestoßen ist. Der Werwolf kommt mit einem bösartigen Glitzern in den Augen auf euch zu.

Ende

„Oh!", sagst du. „Und nun ist er zurückgekommen!"

„Für eine weitere Mahlzeit", fügt Karin hinzu.

Vielleicht nicht nur für eine, denkst du.

„Mensch, da müssen Sie ja ganz schön Angst gehabt haben", sagt Karin.

Ein schmales Lächeln erscheint auf Mrs Hadleys Lippen, aber es lässt sie nicht freundlich aussehen, sondern eher Furcht erregend. „Ja, ich habe vor Angst den Verstand verloren", sagt sie mit erhobener Stimme. „Deshalb habe ich nun auch keinen Verstand mehr, hä hä hä. Aber auch wenn ich meinen Verstand verloren habe, so habe ich etwas anderes dafür bekommen. *Es gibt viele Dinge, die ich tun kann, meine Zuckerpüppchen. Dinge, wie ihr sie euch nicht einmal erträumen könnt!*"

Karin blickt erschrocken drein. „Wir gehen jetzt besser nach Hause", erklärt sie nervös.

Du wirfst einen Blick aus dem Fenster. Graue Wolken lassen die Dunkelheit noch früher hereinbrechen.

„Ja, ihr geht jetzt besser nach Hause", sagt Mrs Hadley. „An eurer Stelle würde ich nicht mehr allein nach draußen gehen, schon gar nicht bei Dunkelheit."

Lies weiter auf Seite

„Ich nehme an, es gab keinen Grund sich Sorgen zu machen", sagt Tante Charlotte.

Mrs Hadleys Augen blitzen auf, ähnlich denen ihrer Katze. Sie greift nach der Teekanne und gießt noch einmal ein. Ein bitterer Geruch steigt dir in die Nase und versetzt dich in einen merkwürdigen Zustand, wie du ihn noch nie erlebt hast.

„Nein, es gibt nichts, um das man sich Sorgen machen müsste", sagt die alte Frau betont langsam. „Die Nacht des Werwolfs ist vorüber, aber glaubt nicht, dass ihr nun sicher seid, jetzt da –"

„Da was?", stößt du hervor. Aber bevor du eine Antwort erhältst, springt Tante Charlotte auf, geht zur Tür und öffnet sie. Sie atmet tief ein, als die frische Luft hereinströmt. „Kommt, Kinder. Gute Nacht, Mrs Hadley."

„Da was, Mrs Hadley?", fragst du noch einmal.

„Da ihr mein Geheimnis kennt!", ruft die Frau. Auf ihrem Gesicht erscheint ein unbarmherziges Lächeln. Ihre Augen fixieren dich. Ihre knochige Hand greift nach dir. Aber Tante Charlotte zieht dich am Arm. Sie winkt Karin und Tom herbei. Schnell seid ihr zur Tür hinaus.

Lies weiter auf Seite 88

„Ich komme mit", erklärt Tom. „Ich muss dich beschützen."
„Ich werde dich auch beschützen", sagt Karin.

Tante Charlotte grinst. Sie tippt dich an. „Möchtest du auch mitkommen oder lieber bei dem Polizisten bleiben?"

**Wenn du mitgehst,
lies weiter auf Seite**

33

**Wenn du im Haus bleibst,
lies weiter auf Seite**

48

Kurz darauf zuckt ein Blitz über den Himmel, dicht gefolgt von einem enormen Donnergrollen. Es fängt stark zu regnen an.

Noch ein Blitz. Die Lichter flackern, gehen aus und wieder an. Einen Augenblick später werdet ihr von einem lauten Pochen an der Haustür aufgeschreckt.

Ihr lauft in Karins Zimmer im oberen Stockwerk und schaut aus dem Fenster. Obwohl es ziemlich dunkel ist, habt ihr einen guten Blick auf die Eingangstür. Wer immer auch geklopft hat, nun ist er verschwunden.

AHHHHHHHUUUUUUAAAAhhhh! Wieder dieses Brüllen – dieses Mal irgendwo im Haus!

Karin umklammert deinen Arm. „Wir müssen vergessen haben, die Tür abzuschließen!"

Lies weiter auf Seite 21

„Ganz ruhig, mein Junge. Kein Werwolf dieser Welt kann dir was tun, solange ich hier bin. Wieso siehst du nicht ein wenig fern, oder so?"

„Okay", sagst du und wendest dich ab.

Aber du hast keine Lust fernzusehen – das kannst du immer machen. Tante Charlotte hat dir verboten, nach draußen zu gehen, aber es gibt keinen Grund, warum du nicht auf die rundum verglaste Veranda gehen solltest. Du gehst raus, ohne das Licht anzumachen, damit sich deine Augen an die Dunkelheit gewöhnen können. So bist du vielleicht in der Lage, den Werwolf zu entdecken, wenn er hier herumstreichen sollte.

Auf der Veranda gibt es eine Hängematte, eine Korbcouch und zwei Schaukelstühle. Du legst dich in die Hängematte, aber sie quietscht beim Hin- und Herschaukeln. Also stehst du auf und setzt dich auf die Couch. Hinter einer Wolke kommt der volle, runde Mond hervor und wirft ein unheimliches Licht über den Rasen.

Du strengst deine Augen mächtig an und versuchst, die schattigen Teile des Gartens zu überblicken. Du fragst dich, ob da irgendetwas ist. Einige Minuten später hörst du quietschende Laute von einem der Schaukelstühle. Der Polizist ist ebenfalls rausgekommen.

Lies weiter auf Seite   **64**

Ihr seid auf dem Weg nach unten, da geht die Küchentür auf und Tante Charlotte kommt heraus.

Wie auf Befehl schreit ihr beide los. Tante Charlotte wächst langes, struppiges Haar! Ihr Mund und ihr Gesicht verwandeln sich in eine Wolfsschnauze! Sie lächelt, aber es ist kein menschliches Lächeln. Ihre Zähne werden immer spitzer und schärfer. Ihre Zunge hängt wie die eines Hundes aus dem Mund heraus.

„Hallo, meine Süßen", sagt sie mit tiefer Stimme. „Tom und ich haben schöne Stunden miteinander verbracht. Und das werden wir nun auch, da bin ich mir sicher. Ganz sicher."

Ende

84 Ihr geht über einen Hügel, hinab in ein Tal und wieder einen Berg hinauf. Dann haltet ihr abrupt an. Durch die Bäume hindurch kann man eine primitiv zusammengezimmerte Hütte sehen. Sie hat eine Tür und auf beiden Seiten zwei kleine Fenster. Außerdem ragt ein Schornstein aus dem Dach. Du kannst dein klopfendes Herz spüren. Das könnte die Behausung eines Werwolfs sein! Ihr schleicht näher heran, Ohren und Augen in höchster Alarmbereitschaft, wie ein Reh in einem Wald voller Raubtiere.

Die Hütte sieht verlassen aus. Auf dem Dach wächst Moos. Die winzigen Fensterchen sind blind. Weinreben winden sich an den Hauswänden hinauf.

„Ich glaube nicht, dass die von irgendwem genutzt wird", flüstert Tom.

„Das werden wir herausfinden", sagst du, obwohl ein Teil von dir lieber umkehren würde.

Ihr kommt zur Tür. Ihre Holzlatten sind wellig und von Wind und Wetter angegriffen. Die Türscharniere sind schon fast durchgerostet. Du klopfst an, bereit, sofort wegzurennen, falls jemand öffnet, aber es ist kein Laut zu hören. Du hebst den Riegel an und drückst. Die Tür öffnet sich, die Scharniere quietschen, als hätten sie seit Jahren kein Öl mehr gesehen.

Lies weiter auf Seite　　　　　　　　　　　　　　　**22**

„Und ich möchte nicht, dass Tom sich an dem Ort rumtreibt, an dem solch ein schreckliches Verbrechen begangen wurde. Ich werde ihn suchen. Und ihr beiden bleibt, wo ihr seid."

Sie geht zur Tür hinaus. Einen Augenblick später hört ihr das Auto zur Einfahrt hinausrollen.

Das Haus erscheint euch merkwürdig still. Ihr steht am Küchenfenster und schaut hinaus. Gewitterwolken bedecken den Himmel, aber für einen kurzen Moment kommt der Mond hinter ihnen hervor, steht tief über den Baumwipfeln, bevor er wieder hinter einer Wolke verschwindet. Du willst dich schon abwenden, als du ein Heulen vernimmst – nicht das Heulen eines Hundes, sondern einen überwältigenden, langen, klagenden Ton.

AHHHHHHHUUUUUUAAAAhhhh!

Karin legt ihre Hand auf deine Schulter. „Was war *das* denn?", fragt sie verschreckt.

„Keine Ahnung", sagst du. „Hörte sich wie ein Wolf an!"

AHHHHHHHUUUUUUAAAAhhhh! Dieses Mal klang es näher.

Lies weiter auf Seite   81

86

Als du es das erste Mal gesehen hast, wirkte das Wesen eher wie ein Mensch. Nun scheint es mehr ein Wolf zu sein. Du bist beinahe überrascht, als du ihn sprechen hörst, seine Stimme klingt tief und kehlig.

„Was habt ihr in meinem Haus gemacht?"

„N-N-Nichts", antwortest du. „Wir waren einfach nur neugierig."

„Es tut uns furchtbar Leid – wirklich", sagt Tom. Seine Stimme zittert.

Lies weiter auf Seite   **54**

Ein sonderbarer Unterton in ihrer Stimme und ihr Blick lassen dich schaudern. Du möchtest nicht wie ein Angsthase dastehen, aber du glaubst, dass es vielleicht am besten wäre, Tante Charlotte anzurufen und sie zu bitten dich und Karin abzuholen. Vielleicht solltest du Karin anrufen lassen.

**Wenn du Karin sagst,
dass sie doch ihre Mutter anrufen
und sie bitten soll, euch abzuholen,
lies weiter auf Seite** 32

**Wenn du beschließt,
einfach nach Hause zu laufen,
lies weiter auf Seite** 17

„Vielen Dank für den Besuch", ruft Mrs Hadley hinter euch her. „Das nächste Mal werde ich *euch* besuchen!" Ihr wildes, gackerndes Lachen klingt euch in den Ohren, während ihr zum Auto eilt.

Ihr klettert hinein. Tante Charlotte lässt den Motor an.

„Ich kann gar nicht glauben, was wir da gerade gesehen haben!", sagt Tom.

„Und was wir gehört haben!", fügst du hinzu.

Tante Charlotte legt den Gang ein und fährt los. „Ich würde es nicht glauben, wenn ich es nicht selbst gesehen hätte", erklärt sie.

„Ich kann es *immer* noch nicht glauben", meinst du. „Der Körper des Werwolfs auf dem Boden … die Art, wie er verschwunden ist."

„Ich weiß nicht, ob ich mich nun besser fühle oder schlechter", sagt Karin.

„Ich meine doch, dass du dich besser fühlen solltest", sagt ihre Mutter zu ihr. „Wir müssen uns nun nicht mehr wegen eines Werwolfs ängstigen."

„Das stimmt", sagst du. „Nun können wir anfangen, uns wegen einer Hexe zu ängstigen!"

Ende

„Ahhh!", brüllt Karin und stolpert rückwärts.

Tom lächelt und im Licht der Laterne siehst du, wie seine Zähne leuchten und wie sie immer größer werden. Und schließlich fühlst du, wie sich diese Zähne in deinen Hals bohren.

Ende

Es dauert eine Weile, bis ihr den Mut aufbringt, aber als Tom am nächsten Tag zum Laden geht, um einige Dinge zu besorgen, erzählt ihr deiner Tante, dass ihr Tom mit dem Werwolf gesehen habt.

Sie nimmt ihre Brille ab und starrt euch an. „Ist das wahr?"

„Ja", sagt ihr beide mit Bestimmtheit.

Zu Karin gewandt erklärt Tante Charlotte: „Ich weiß, dass ihr euch so etwas nicht einfach ausdenken würdet, aber es fällt mir trotzdem schwer, es zu glauben. Ich werde selbst mit Tom reden müssen."

Später fahren Tante Charlotte und Tom mit dem Auto weg. Sie sind lange unterwegs – ihr macht euch langsam Sorgen um sie. Als ihr Tante Charlottes Auto hört, fühlt ihr euch besser. Ihr geht in die Küche, um die beiden zu begrüßen.

Lies weiter auf Seite 83

Du gibst dir Mühe, richtig wach zu werden, doch du bist ziemlich groggy. Alle Knochen schmerzen und du weißt gar nicht mehr richtig, wer du bist und was geschehen ist.

Du liegst in einem Bett. Die Zimmerdecke ist weiß und die Wände hellgrün. Dein Bein ist in Gips und hängt in der Luft. Langsam erinnerst du dich.

Da schaut jemand zur Tür herein – eine Krankenschwester.

„Wie geht's dir?", fragt sie.

„Schrecklich", sagst du. „Wie geht es meiner Cousine Karin? Sie war mit mir zusammen, als …"

„Ich weiß. Deine Cousine liegt in einem Zimmer am anderen Ende des Gangs. Sie muss nur über Nacht hier bleiben. Sie war nicht halb so schlimm zugerichtet wie du. Sie hat nur einen unschönen Biss auf der Stirn – acht Stiche mussten wir machen."

„Einen *Biss*?", fragst du langsam.

„Ja", antwortet die Krankenschwester. „Genaueres weiß ich auch nicht. Ein großer Hund, nehme ich an."

Ende

Du nickst, sagst aber nichts. Du willst weder, dass er dich mag, noch dass er dich nicht mag, du willst nur ganz weit weg sein. „Kann ich nun gehen?", fragst du.

„Eine Minute noch." Er schiebt die Schale zu dir hin. „Probier erst noch meine Suppe."

Du schaust in die dunkle Brühe hinein. Kleine Stücke Kaninchenfleisch und -knochen schwimmen darin herum. „Nein danke", sagst du und schiebst die Schale zurück zu ihm.

Er wehrt sie mit seiner struppigen Klauenhand ab. „Probier meine Suppe", sagt er mit erhobener Stimme. „Dann kannst du gehen."

Du schüttelst den Kopf – du willst nichts zu dir nehmen, das auch nur in der Nähe dieser Kreatur war.

Lies weiter auf Seite   **18**

Du entscheidest selbst ...

R. A. Montgomery
Dem Yeti auf der Spur
Gibt es den Yeti wirklich oder ist er nur eine Legende? Das muss der Leser herausfinden, indem er selbst entscheidet, auf welcher Seite er jeweils weiterliest.
Ab 10 Jahren
ISBN 3-473-**52078**-0

Edward Packard
Die spektakuläre Reise ins Schwarze Loch
Stell dir vor, du bist Astronaut und auf deiner Weltraummission sollst du ein Schwarzes Loch erforschen. Treffe die richtigen Entscheidungen, damit dich das Schwarze Loch nicht verschlingen kann!
Ab 10 Jahren
ISBN 3-473-**52145**-0

... wie lange du überlebst!

Edward Packard
Katastrophentag
Stell dir vor, an einem Tag geht alles schief – ein echter Katastrophentag. Es liegt an dir und deinen Entscheidungen, auf welcher Seite du jeweils weiterliest, ob du diesen Tag überstehst.
Ab 10 Jahren
ISBN 3-473-**52109**-4

Edward Packard
Die Insel der 1000 Gefahren
Ein besonderes Buch: Der Leser ist die Hauptfigur und wird immer wieder vor die Wahl gestellt, auf welcher Seite er weiterlesen will.
Ab 9 Jahren
ISBN 3-473-**52022**-5

Gute Idee. Ravensburger

Fabian Lenk
Der Berg der 1000 Gefahren
Deine Bergsteigergruppe will einen 6000 Meter hohen Berg bezwingen. Schon der Weg zum Basislager steckt voller Gefahren: Steinschlag, Gletscherspalten, Schneesturm und Lawinen. Pass auf, dass du in jeder Situation die richtige Entscheidung triffst!
Ab 10 Jahren
ISBN 3-473-**52260**-0

Fabian Lenk
Der Tempel der 1000 Gefahren
Auf den Spuren der Maya. Ein mysteriöser Fremder fragt dich, ob du ihn auf seiner Suche nach einer bisher unbekannten Maya-Kultstätte begleiten willst. Gehst du mit oder nicht? Die falsche Entscheidung kann dich in Lebensgefahr bringen.
Ab 10 Jahren
ISBN 3-473-**52249**-X

Gute Idee.

Ravensburger